J'aurais dû mettre des chaussettes

Laure Lacoume

J'aurais dû mettre des chaussettes

Nouvelles

LE LYS BLEU
ÉDITIONS

ISBN : 979-10-377-7657-0

Hardelot
Pas-de-Calais, 2021

La plage s'étendait à perte de vue en ce matin de mars.

« J'aurais dû mettre des chaussettes. »

Cette phrase revenait dans la tête de Lucy depuis le début de la matinée. Partie pour sa promenade quotidienne sur la plage, l'adolescente chantonnait ces quelques mots comme un refrain obsédant. Le sable dans ses chaussures irritait ses pieds et elle se répétait ces mots tout simples : « J'aurais dû mettre des chaussettes. » Comme d'habitude, le bruit des vagues et du vent l'apaisait. Rox, un magnifique berger australien, son fidèle compagnon depuis quatre ans, courait comme un fou sur la plage, revenant régulièrement tourner autour de sa maîtresse pour lui montrer sa joie. Lucy aimait ces moments qui lui faisaient supporter son quotidien de lycéenne. Bonne élève depuis toujours, elle éprouvait, cette année, quelques difficultés : manque de concentration, fatigue… cela ne lui ressemblait pas. Il faut dire que ses nuits étaient peuplées de rêves étranges qui l'entraînaient dans des aventures terrifiantes et la laissaient épuisée au réveil.

Alors, marcher sur la plage à marée basse, les cheveux au vent, était sa bouée de sauvetage.

La nuit dernière, la tempête avait soufflé et la mer avait ramené plus de débris que d'habitude. Coquillages, morceaux de bois, de verre, de filets de pêche, vieilles chaussures, canettes écrasées… on n'imaginait pas ce que la mer pouvait recracher.

Une fois, elle avait même trouvé une vieille boussole qu'elle avait gardée comme une sorte de porte-bonheur. Tout à coup, elle vit Rox courir vers elle avec quelque chose dans la gueule. Quand il fut suffisamment près, elle s'aperçut que son chien avait rapporté une vieille planche abîmée.

— Donne, mon chien ! dit-elle. Donne !

Elle saisit la planche que Rox ne voulait pas lâcher. Un court combat eut lieu entre les deux. Au bout de quelques secondes, le chien, lassé, lâcha prise. Lucie allait jeter la planche quand ses yeux furent soudain attirés par des lettres.

L'art de l'…, l'art de l'…

Qu'est-ce que ça pouvait bien être ? Il lui semblait avoir déjà vu ça quelque part, mais où ? De toute façon, il était l'heure de rentrer pour aller au lycée.

Elle rappela Rox, garda la planche et prit le chemin du retour. Il lui restait une heure avant le début des cours. Une bonne douche, vérifier le contenu de son sac et filer vers le lycée, Lucy agissait un peu comme une automate. Tous les matins se ressemblaient et cela finissait par lui peser. Elle avait envie d'autre chose, d'espace, de liberté… Et elle voulait aussi comprendre pourquoi elle rêvait constamment des mêmes choses terribles toutes les nuits. Elle n'avait jamais osé en parler à personne, ni à ses parents, ni à ses amis du lycée, elle avait trop peur qu'on se moque d'elle ou qu'on la traite de folle…

Boulogne-sur-Mer
Pas-de-Calais, 2006

Wilson était aux anges ! Enfin, son rêve se réalisait ! Depuis l'âge de 4 ans, il était passionné par tout ce qui touchait de près ou de loin à la mer. Il collectionnait les coquillages, faisait des maquettes de bateaux, s'était inscrit très jeune au club de voile et barrait maintenant parfaitement son catamaran. À 18 ans, ils n'étaient pas si nombreux ! La semaine dernière, il avait reçu la lettre qu'il attendait depuis plusieurs mois. Il avait été choisi parmi plus d'une dizaine de candidats pour faire partie de l'équipage du voilier « L'art de l'eau » qui devait faire une croisière autour des îles britanniques. Et pas à n'importe quel poste ! Il serait second, c'est-à-dire le bras droit du capitaine. Et « l'art de l'eau », quel magnifique bateau ! Une goélette à deux mâts, fine, élégante, filant sur l'eau avec une grâce exceptionnelle. Il y aurait une dizaine de voyageurs fortunés sur ce bateau pour 10 jours de découvertes autour du Royaume-Uni et de l'Irlande. Wilson ne tenait plus en place. L'embarquement était prévu 3 jours plus tard et il se demandait comment il pourrait attendre jusque-là. L'aventure, enfin… Il s'imaginait déjà à la barre, le regard vers l'horizon, découvrant de nouvelles terres, pourquoi pas ? Bien sûr, il savait que la technologie et les ordinateurs pouvaient remplacer les hommes, mais il gardait cet esprit d'explorateur qu'il avait depuis toujours. C'était une histoire entre l'océan et lui qui commençait et il se promettait que son nom serait bientôt aussi connu que ceux de Christophe Colomb ou Vasco de Gama.

Hardelot, 2007

— Oh, elle est tellement mignonne, regarde chéri, elle nous sourit !

— Oui, elle est magnifique. Quand je pense au drame qu'elle vient de connaître, c'est incroyable !

Monsieur et Madame Lasseur étaient venus tout de suite après l'appel des services sociaux. Eux, qui souhaitaient adopter depuis plusieurs années, avaient été prévenus la veille qu'une petite fille les attendait. On leur avait expliqué la situation, le naufrage de « L'art de l'eau », le sauvetage miraculeux du bébé, le fait que personne n'avait été retrouvé. Avec la liste des passagers, on savait qui elle était. Elle s'appelait Lucy, n'avait pas d'autre famille et pouvait être adoptée tout de suite. Elle avait été hébergée chez une nourrice à son retour à terre, son sauveur était passé la voir et elle n'attendait plus que des parents aimants. Le sort avait été cruel, mais il semblait vouloir se racheter…

Hardelot, 2021 (1)

« Mademoiselle Master, vous rêvez ? » La voix aiguë de Madame Pétrona transperça les tympans de Lucy. Ouvrant les yeux, elle découvrit le visage de sa professeure de mathématiques tout proche du sien et recula. Elle venait de recevoir son évaluation et encore une fois, la note était médiocre.

— Excusez-moi, Madame, je ne me sens pas très bien, ce matin.

— Eh bien, allez à l'infirmerie ! Il va falloir faire quelque chose, vos résultats sont en chute libre depuis plusieurs semaines. Mademoiselle Ellie, accompagnez votre camarade.

Les deux adolescentes sortirent de la salle de classe et se dirigèrent vers l'infirmerie.

— Qu'est-ce qui t'arrive en ce moment, Lucy ? On dirait que plus rien ne t'intéresse. Toi qui avais les meilleurs résultats, tu es maintenant toujours dans les dernières, sans compter les devoirs non rendus. Tu es malade ?

— Non, non.

— Alors, tu es amoureuse ? C'est Tony, hein ? J'ai remarqué comment il te regardait l'autre fois !

— N'importe quoi.

— Alors, qu'est-ce qui ne tourne pas rond ?

— Je fais de plus en plus de cauchemars et cette nuit, j'ai vu quelque chose d'étrange.

— Ah ? C'était quoi ?

— J'ai vu une jeune femme qui pleurait en tendant les bras dans ma direction et en criant mon prénom. Elle avait l'air si triste. Elle me ressemblait beaucoup. Moi, j'étais dans l'eau, j'essayais de nager, mais quelque chose m'attirait vers le fond, je nageais, je nageais, mais je n'avançais pas, je sentais que j'allais me noyer, l'eau passait par-dessus ma tête, j'en avais dans les yeux, le nez, la bouche, j'appelais au secours, mais personne ne m'entendait, je manquais d'air… et je me suis réveillée en sueur. C'était terrible ! Et je le fais de plus en plus souvent ce rêve.

— Depuis quand ?

— Hum, plusieurs jours.

— Tu en as parlé à tes parents ?

— Non, pas encore… et puis, je ne veux pas les ennuyer avec mes histoires.

— Mais tu n'as pas remarqué si quelque chose de précis avait déclenché ces cauchemars ?

— Tu sais, j'en ai toujours fait, mais c'est vrai qu'ils sont de plus en plus importants depuis ces dernières semaines… et il y a des choses qui reviennent souvent comme les cris et l'eau. Il y a toujours beaucoup d'eau autour de moi. Parfois, elle est calme, mais de plus en plus souvent, je la perçois comme une menace.

— C'est bizarre, pourtant tu aimes nager, non ?

— Oui, j'adore me baigner d'habitude. Je ne sais pas, je ne comprends pas, mais en tout cas, je suis crevée à force de ne pas dormir.

— Bon, allez, on va à l'infirmerie, tu pourras te reposer au moins quelques heures…

— Merci de ne pas te moquer de moi, tu es vraiment ma meilleure amie… après Rox, bien sûr !

— Houla, quelle déclaration, tu vas me faire pleurer. Allez, on y va !

Océan atlantique, 2006 (1)

Pour sûr, l'aventure avait bien commencé. Les 3 premiers jours de croisière avaient été idylliques. Une navigation calme sans obstacle, un vent régulier permettant des pointes à 15 nœuds, un capitaine sympathique, un personnel de bord souriant et des clients très gentils. Un jeune couple et leur bébé avaient tout de suite attiré la sympathie de Wilson. Le mari et sa femme se promenaient souvent sur le pont avec leur enfant, posaient des questions sur tout au jeune marin qui était ravi de leur parler de sa passion et de leur donner des réponses, regardaient pendant des heures le paysage changeant des nuages et des vagues, riaient, s'embrassaient, faisaient faire quelques pas malhabiles à leur petite fille. Ils étaient vraiment heureux et ce bonheur était contagieux. Il y avait toujours quelque chose à voir ! Le matin même, des phoques avaient montré leur museau et les passagers s'étaient transformés en enfants poussant des cris et courant sur le pont. Les couleurs de la mer changeaient en permanence, les rayons du soleil jouaient avec les nuages qui eux-mêmes prenaient des formes étranges, un passager avait même entonné des chants de marin que tout le monde avait repris en chœur. Wilson était aux anges. C'était encore plus beau que tout ce qu'il avait imaginé. Il portait fièrement son uniforme qui faisait son petit effet sur les touristes… Il était heureux !

Mais depuis ce matin, le climat avait changé. D'énormes nuages s'étaient amoncelés dans le ciel, les températures avaient chuté de plusieurs degrés, un vent très fort s'était levé et secouait le bateau dans tous les sens, rendant les passagers et le personnel malades. Il n'y avait plus personne à l'extérieur, tout le monde s'était calfeutré dans les cabines ou les salons communs.

Wilson n'était pas vraiment inquiet, la goélette était prévue pour résister à des conditions bien plus difficiles et il en avait essuyé, des grains, depuis ses débuts, mais l'ambiance était pesante. Depuis quelques minutes, la pluie, également, s'était invitée. Une pluie froide, régulière, qui vous transperçait en quelques minutes et dont les gouttes tombaient en résonnant sur le bateau.

Le capitaine et son second étaient à l'abri dans leur poste de pilotage et pouvaient faire confiance à leur équipement ultra moderne de guidage : ordinateurs, radars, sonars, guidage par satellite, le top du top !

Mais de plus en plus, les éléments se déchaînaient. Des vagues immenses s'abattaient sur le bateau dans un fracas épouvantable, l'embarcation était ballottée comme un fétu de paille.

Dans leur cabine, le jeune couple, chouchou de Wilson, n'était pas non plus à la fête. Steve, le papa, était malade comme un chien depuis des heures et Emma, la maman, quoique résistant mieux, était assise sur le lit, très pâle, évitant de faire trop de gestes inutiles. Il n'y avait que le bébé qui semblait ne rien remarquer et qui dormait comme un ange…

Hardelot, 2021 (2)

« Je sais, se dit soudain Lucy en se redressant. Mes cauchemars ont augmenté depuis que Rox m'a rapporté cette planche sur la plage. »

Elle se leva précipitamment de son lit et courut pieds nus vers la buanderie. Elle se rappelait avoir posé l'objet dans cette pièce en rentrant de promenade et n'y avait plus pensé depuis. Elle le retrouva sans problème et relut les lettres qu'elle avait vues la première fois : l'art de l'…

C'était incroyable ! Dans son rêve, elle avait vu ce nom : « L'art de l'eau », comme le nom de sa ville Hardelot, mais écrit différemment. Pourquoi avait-elle rêvé de « l'art de l'eau » ? Elle se décida à chercher sur Internet quelques renseignements.

« "L'art de l'eau", une goélette à 2 mâts, transportait des passagers pour des croisières autour des îles britanniques. Ce bateau a malheureusement disparu en mer en 2006 suite à une terrible tempête. »

Des photos accompagnaient cet article : c'était en effet un très beau bateau, fin, élancé, dressant fièrement ses mâts vers le ciel. Quelle triste fin pour une si belle embarcation !

Lucy n'en croyait pas ses yeux ! Ses cauchemars n'étaient pas complètement le fruit de son imagination ! Elle avait bien vu ce bateau, ce nom, cette eau qui l'engloutissait… mais pourquoi ? Et qui était cette femme qui l'appelait ? Elle avait de plus en plus d'éléments, mais elle n'arrivait pas à les relier et cela l'angoissait terriblement.

Océan atlantique, 2006 (2)

Wilson claquait des dents depuis plusieurs heures. Allongé dans un canot de sauvetage, il ouvrit les yeux pour contempler ce qui l'entourait. Il faisait noir, il était entouré d'eau et n'entendait que le clapotis des vaguelettes contre son embarcation. Il avait très mal à la tête. Il porta la main à son front et s'aperçut qu'il avait une large plaie qui le faisait souffrir. Peu à peu, ses idées commencèrent à redevenir plus claires. Il se rappelait un choc énorme accompagné d'un vacarme assourdissant. Il avait été projeté contre le mur de la timonerie. C'est sans doute là qu'il s'était blessé ! Il se revoyait courir sur le pont au milieu des cris des passagers et déverrouiller les canots de sauvetage. Un nouveau choc l'avait à nouveau fait tomber, il s'était retrouvé dans l'eau froide sans comprendre ce qui lui arrivait, avant de se hisser dans un canot et de s'évanouir.

Maintenant, il avait froid. Il était seul sur ce canot sans nourriture, ni eau, ni moyen de communication.

Il savait que de nombreux cargos empruntaient cet endroit. Il ne tarderait sans doute pas à être repéré. Mais où étaient les autres passagers ? Et le capitaine ? Et les autres marins ? Il y avait plusieurs canots de sauvetage sur la goélette, mais il n'en voyait aucun près de lui.

Il se mit à crier :

« Eh, quelqu'un m'entend ? Quelqu'un m'entend ? Capitaine Oxford ? »

Mais ses cris se perdaient dans la nuit. Soudain, il lui sembla entendre quelque chose. Il tendit l'oreille et… mais oui, il ne rêvait pas, il entendait bien des pleurs, des pleurs de bébé… Il regarda autour de lui et ne vit rien. Pourtant, il n'était pas fou, il entendait bien quelque chose. Et soudain, il le vit, là, devant lui. Un bébé emballé dans un gilet de sauvetage, ballotté par les vagues, qui s'approchait de lui. Wilson se pencha le plus possible, tendit le bras et essaya d'attraper l'enfant. 2 fois, 3 fois, il crut l'avoir à sa portée, mais à chaque fois, une vague éloignait le bébé. Enfin, Wilson put le saisir et le hisser à bord de son canot. L'enfant était emmitouflé dans plusieurs vêtements que le jeune homme entreprit d'ouvrir. Et soudain, il reconnut la petite fille du couple !

Le jeune homme se mit à hurler :

« Steve ? Emma ? Je suis là, j'ai votre fille ! Steve ? Emma ? »

Mais il n’entendait que le vent et les vagues. Il regardait de tous les côtés, mais la pluie l’empêchait de voir plus loin qu’un ou deux mètres.

Il était désespéré. Cela ne pouvait pas être possible, tous les autres ne pouvaient pas avoir disparu. Il regarda le bébé qui ne pleurait plus et le fixait de ses grands yeux bleus. La petite fille lui faisait confiance, il ne pouvait pas craquer maintenant.

Hardelot, 2021 (3)

— Nous t'avons adoptée quand tu étais bébé, mais tu le sais déjà, ma chérie. Qu'est-ce que tu voudrais savoir de plus ?

— Qu'est-ce que vous savez sur mes parents ?

— Ils ont malheureusement disparu lors du naufrage de leur bateau alors qu'ils faisaient une croisière en 2006.

— Mais moi, comment j'ai réussi à être sauvée ?

— Un jeune homme qui avait réussi à monter dans un canot t'a récupérée flottant sur un gilet de sauvetage et vous avez été recueillis par un bateau de secours envoyé sur les lieux. On n'a retrouvé personne d'autre, hélas.

— Comment s'appelle cet homme ?

— Euh, je crois qu'il s'appelle Wilson Blackstone.

— Vous l'avez vu ?

— Non, jamais.

— J'aimerais le rencontrer…

Lucy commençait enfin à comprendre d'où venaient ses mauvais rêves, cette eau qui l'engloutissait, cette femme qui l'appelait… Elle avait donc survécu au naufrage qui avait tué ses parents. Elle n'avait plus qu'une idée en tête maintenant : rencontrer son sauveur pour en apprendre plus sur la première année de sa vie et la disparition de ses parents dont elle n'avait pas de souvenirs…

Océan atlantique, 2006 (3)

« Bâbord Capitaine, une embarcation ! »

Aussitôt, les sirènes du Nautile se mirent à hurler et les marins se précipitèrent sur le pont. Tous écarquillaient les yeux pour repérer le canot aperçu quelques minutes plus tôt.

— Oui, là, à bâbord, je la vois.

— Barre à bâbord, 30°.

Maintenant, le bateau de la Société des Sauveteurs en mer commençait une manœuvre difficile. Les vagues étaient hautes et le capitaine devait lutter pour maintenir l'embarcation dans la bonne direction. Le petit canot apparaissait puis disparaissait au gré de la houle. Les marins avaient leur gilet de sauvetage et s'étaient accrochés à la ligne de vie. Ce n'était pas le moment de tomber à la mer. Le Nautile se rapprochait de plus en plus de la petite embarcation. En s'approchant, les marins distinguaient un homme qui agitait les bras et semblait crier, mais on n'entendait pas ce qu'il disait. Plus près, plus près, le capitaine ne quittait pas ses écrans des yeux et voyait aussi les gestes que lui faisaient les membres d'équipage. Il ne fallait pas arriver trop vite sur la cible au risque de la faire chavirer. Enfin, un homme du pont put envoyer un bout que le naufragé saisit et accrocha à son canot. Les marins tirèrent avec une énergie incroyable pour ramener le frêle esquif vers eux. Enfin, ils purent l'immobiliser contre leur coque. Ils n'en croyaient pas leurs yeux. Un homme en larmes et transi de froid leur tendait un paquet qu'ils saisirent. Ce paquet se mit soudain à pleurer : ils venaient de récupérer un bébé…

Hardelot, 2021 (4)

« Qu'est-ce que je fais là ? Je n'aurais pas dû venir. »

Depuis 10 minutes qu'il était arrivé à Hardelot, Wilson ne se sentait pas bien. Il avait reçu quelques jours auparavant un coup de téléphone des parents adoptifs de Lucy qui lui avaient demandé s'il accepterait de rencontrer la jeune fille. Sur le coup, il avait dit OUI sans réfléchir, mais maintenant que la rencontre se rapprochait, il se disait qu'il aurait dû refuser. Cette période de sa vie, il n'était pas près de l'oublier. Chaque nuit, il revivait la catastrophe et le moment où il avait recueilli ce bébé. Ils avaient passé plusieurs heures ensemble sur le canot de sauvetage et il se souviendrait toujours de ces grands yeux qui le regardaient sans comprendre. Il avait pleuré longtemps en pensant que cette petite fille était déjà une orpheline, si jeune… Puis ils avaient été sauvés, l'enfant avait été très vite adoptée, lui était devenu capitaine de chalutier et passait sa vie en mer. Quinze années s'étaient écoulées depuis…

Pourquoi appréhendait-il tant ce moment ? Qu'est-ce qu'il allait bien pouvoir raconter à cette adolescente ? Il marchait de long en large devant la crêperie qui devait servir de lieu de rencontre en triturant son bonnet de ses mains calleuses.

Soudain, il eut l'impression de voir la femme du bateau, Emma, marcher vers lui, quoiqu'un peu plus jeune que dans ses souvenirs. Elle s'approcha de lui et dit :

— Bonjour, je m'appelle Lucy. Vous êtes Monsieur Blackstone ? Monsieur Wilson Blackstone ?

Wilson revient à la réalité. Qu'il était bête ! Ce n'était pas Emma, bien sûr, mais sa fille, Lucy, son portrait craché.

— Ou… oui, c'est moi.

La jeune fille et le marin se regardèrent, éclatèrent en sanglots et s'enlacèrent de longues minutes sans cesser de pleurer. Les 15 dernières années venaient de disparaître. Lucy, la première, retrouva ses esprits et dit :

— Je suis tellement heureuse de vous rencontrer.

— Moi aussi.

— J'ai tant de choses à vous demander. Vous voulez qu'on aille s'installer à l'intérieur ? On boira un thé ou un café et on parlera.

— D'accord, allons-y.

Ils rentrèrent dans la crêperie, s'attablèrent, passèrent leur commande. Ils étaient un peu gênés de se retrouver ainsi et aucun des deux n'osait parler. Lucy se décida enfin :

— Comment étaient mes parents ? Racontez-moi…

— Vous savez…

— Oh, vous pouvez me tutoyer, vous m'avez vue avec des couches, non ?

— C'est vrai. Alors, toi aussi, dis-moi tu…

— D'accord.

— Tu sais, tes parents, je ne les ai fréquentés que 3 jours, mais ce furent 3 jours de rires et de découvertes, ils me posaient sans cesse des questions, pourquoi ceci, pourquoi cela, ils étaient curieux de tout. Ils avaient toujours le sourire, ils avaient le don de rendre tout le monde heureux autour d'eux.

— Et moi ?

— Tu étais la chose la plus précieuse pour eux, ils t'embrassaient sans cesse, te portaient, te racontaient des histoires, t'emmenaient partout avec eux, ils essayaient de te faire marcher, mais tu étais trop petite encore, tu n'avais pas beaucoup d'équilibre… Oui, c'était des gens fantastiques.

— Vous savez, Monsieur Blackstone, mes parents adoptifs sont les meilleurs du monde, mais je sentais bien qu'il y avait autre chose. Maintenant, je comprends pourquoi j'aime me promener au bord de l'eau. J'ai toujours eu l'impression que quelque chose m'attirait sur la plage. Racontez-moi comment vous m'avez sauvée…

Wilson ferma les yeux. Il avait revu ces images des milliers et des milliers de fois…

— Ah, Lucy, si tu savais ! Ça a été la pire et la meilleure nuit de ma vie. Je ne me souviens plus exactement de tout, je revois une vague plus grande qu'un immeuble de 5 étages, un bruit terrible, un choc, des cris et le froid. J'avais tellement froid… Je me suis retrouvé dans un canot, ballotté par les vagues, seul au monde… Et soudain, je t'ai entendue ! Malgré le vent et la pluie, je t'ai entendue et tu es arrivée vers moi. Un miracle ! Je t'ai attrapée, je pensais que tes parents allaient aussi apparaître, mais hélas, ils avaient disparu. Je t'ai serrée contre moi en pleurant, je ne pouvais plus m'arrêter de pleurer. Et toi, tu me regardais et tu as souri. Oh, Lucy, ce sourire ! Il m'a rendu la force de me battre. On a attendu plusieurs heures, je te parlais, tu gazouillais, c'est toi qui m'as sauvé et non le contraire… Et soudain, j'ai entendu des sirènes ! Peu à peu, j'ai commencé à distinguer un bateau. Il s'est rapproché et des marins m'ont lancé un bout que j'ai pu accrocher. Et voilà, ensuite, tout a été très vite, on est revenu à terre, des gens t'ont emmenée et je me suis retrouvé à l'hôpital.

— Mais tu ne m'as plus jamais revue ?

— Si, bien sûr, à ma sortie de l'hôpital, je suis allé te voir. Tu étais chez une nourrice très gentille et j'ai appris qu'un couple t'avait déjà adoptée. On m'a dit que tu n'avais pas d'autre famille que tes parents et donc que personne n'avait pu te recueillir.

— Alors, c'est toi mon sauveur, toi et mes parents, qui m'ont envoyée vers toi.

— Et l'océan qui t'a portée ! Tu es une fille de l'eau, sauvée par Neptune. Il t'a pris tes parents, mais pour se faire pardonner, il t'a menée jusqu'à moi.

— Oui, il m'a ôté ma famille pour m'en donner une autre.

Lucy était songeuse. Elle ne savait plus quoi penser. Elle était heureuse de connaître la vérité, mais triste à l'idée qu'elle ne verrait jamais ses parents.

— Merci, Wilson, de m'avoir tout raconté… Maintenant, je sais qui je suis et d'où je viens.

Hardelot, 2021 (5)

« J'aurais dû mettre des chaussettes. »

Cette phrase revenait dans la tête de Lucy depuis le début de la matinée. Partie pour sa promenade quotidienne sur la plage, l'adolescente chantonnait ces quelques mots comme un refrain obsédant. Le sable dans ses chaussures irritait ses pieds et elle se répétait ces mots tout simples. « J'aurais dû mettre des chaussettes ». Comme d'habitude, le bruit des vagues et du vent l'apaisait. Rox, son fidèle compagnon, courait comme un fou sur la plage, revenant régulièrement tourner autour de sa maîtresse pour lui montrer sa joie. Lucy avait toujours aimé ces moments, mais ils avaient désormais une dimension supplémentaire. Maintenant, la jeune fille savait pourquoi elle venait tous les matins. Elle venait communier avec l'océan pour sentir la présence de ses parents. Elle regardait l'immensité qui s'étendait devant ses yeux et elle se sentait bien. Elle retrouvait une énergie qu'elle n'avait pas ressentie depuis plusieurs semaines. Elle ne faisait plus de cauchemars depuis sa rencontre avec Wilson qu'elle revoyait régulièrement. Ils se promenaient et parlaient beaucoup tous les deux.

Elle fit une pause, respira cette odeur particulière qu'elle aimait tant et sourit. La vie l'attendait…

« Viens, mon chien, cria-t-elle à Rox.

L'animal courut vers elle et l'éclaboussa en se secouant.

— Arrête, arrête… Je vais être trempée !

— Waouf, waouf... »

Le chien se secoua de plus belle comme s'il voulait jouer un bon tour à sa maîtresse.

Alors, Lucy éclata de rire et partit en courant sur la plage, suivie comme son ombre par son fidèle compagnon…

Océan atlantique, 2022 (1)

« Oui, ma petite maman, tout va bien. C'est tellement beau, si tu voyais ! Mais oui, je suis prudente. De toute façon, Wilson veille sur moi. Je te rappelle demain. Embrasse papa ! »

Lucy raccrocha. Tous les jours depuis son départ, l'adolescente appelait ses parents pour les tenir au courant de son voyage.

Ce voyage… l'idée lui était venue un matin au réveil et ne l'avait plus quittée. Il fallait qu'elle retourne sur les lieux du naufrage, elle voulait se rendre à l'endroit où ses parents avaient disparu et où elle avait été sauvée. C'était devenu une obsession. Ses parents adoptifs l'avaient bien compris et n'avaient pas été extrêmement surpris de cette volonté. C'était dans l'ordre des choses.

Le plus difficile à convaincre avait été Wilson. Il ne tenait pas à retourner sur les lieux de la catastrophe. Il s'était arrangé depuis 15 ans pour éviter cette zone en tant que capitaine de chalutier.

Mais Lucy avait su le convaincre. Elle avait utilisé son sourire et son regard pour venir à bout des dernières réticences du marin.

Et ils avaient quitté le port d'Hardelot lundi matin, 3 jours auparavant. La navigation se passait bien, Wilson était un marin accompli et Lucy se montrait très à l'aise sur le bateau. Elle avait trouvé ses marques rapidement et aidait Wilson dans les quelques manœuvres manuelles indispensables. Tout se passait bien et l'ambiance à bord était agréable. Lucy sentait malgré tout des angoisses approcher au fur et à mesure des miles parcourus…

Océan atlantique, 2022 (2)

« Lucy, réveille-toi. Lucy !

Lucy sentait quelqu'un qui la secouait. Elle ouvrit les yeux et vit le visage de Wilson penché vers elle. Elle mit quelques secondes à se rappeler où elle était.

— Viens sur le pont, il faut que je te montre quelque chose.

L'adolescente se leva et suivit Wilson sur le pont.

— Regarde, là.

— Ouah, c'est magnifique !

Un gigantesque arc-en-ciel se dessinait dans le ciel, plus grand et coloré que tous ceux que Lucy avait jamais vus.

— Profites-en bien, car je sens que le temps change.

Lucy se tourna vers Wilson. Il avait prononcé ces derniers mots d'une voix qu'elle ne lui connaissait pas, sourde, remplie d'appréhension.

— Qu'est-ce que tu veux dire ?

— Je veux dire qu'un orage s'approche et que nous allons être secoués.

— On est où, exactement ?

— Exactement ? 55° de latitude nord et 17° de longitude ouest.

— Et ?

— C'est là.

Lucy ne réagit pas tout de suite. Elle n'était pas encore complètement réveillée et ne comprenait pas ce que Wilson tentait de lui faire comprendre.

— Là quoi ?

— Là, Lucy, tu ne comprends donc pas ? C'est là que notre bateau a sombré et que tes parents ont disparu.

— Oh ! Mon Dieu, Wilson…

Lucy n'arrivait pas à le croire. C'était donc là que ses parents avaient disparu et que Wilson l'avait sauvée. La jeune fille se sentit soudain très émue. Elle restait silencieuse, tentant d'organiser les pensées qui se bousculaient dans sa tête. Soudain, un brouillard épais entoura le bateau et Lucy eut l'impression d'être seule au monde. Elle n'entendait plus un son, elle appela :

— Wilson ?

Aucune réponse. Lucy regarda autour d'elle : le brouillard avait disparu et avait laissé place à une lumière blanche, chaleureuse, amicale. L'adolescente se sentit soudain légère, si légère qu'elle aurait pu voler. Et soudain, la jeune fille crut apercevoir des silhouettes diaphanes qui se rapprochaient. Lucy n'avait pas peur, car elle sentait ces présences amicales et bienveillantes.

— Lucy !

— Oh, mon Dieu…

— Lucy ?

— Maman, papa ? C'est vous ?

— Lucy, ma chérie, enfin, tu es là. Quel bonheur !

— Je n'arrive pas à vous voir vraiment.

— Ne t'inquiète pas ! Nous savions que tu viendrais un jour ou l'autre. Nous t'accompagnons chaque minute depuis toutes ces années. Tu es tellement belle !

Lucy se mit à pleurer. Elle était si bouleversée qu'elle n'arrivait même plus à penser.

— C'est donc vous qui m'attiriez vers l'océan depuis toutes ces années. Je sentais une présence que je n'arrivais pas à expliquer.

— Nous sommes avec toi chaque instant, depuis la minute où nous t'avons confiée à l'océan.

— Papa ?

— Oui, ma chérie. Depuis cette nuit tragique où le destin a décidé de nous séparer. Mais tu peux vivre une vie magnifique sans inquiétude, nous serons toujours à tes côtés.

— J'ai d'autres parents, vous savez, qui m'ont adoptée.

— Nous savons Lucy, ce sont des gens merveilleux.

— Oui, c'est vrai, je les aime depuis toujours !

— Et tu vas continuer, bien sûr, tu as 4 parents qui t'aiment et te protègent. Vis ta vie, joue, ris… et continue à aimer l'océan. Où que tu ailles, sache que nous serons toujours à tes côtés. »

La lumière était toujours omniprésente, Lucy flottait dans un état second, heureuse et apaisée…

Hardelot, 2022

— Lucy, réveille-toi. Lucy !

Lucy sentait quelqu'un qui la secouait. Elle ouvrit les yeux et vit le visage de madame Lasseur penché vers elle. Elle mit quelques secondes à se rappeler où elle était.

— Lucy, réveille-toi, il est l'heure, tu ne vas tout de même pas faire attendre ton ami Wilson. Il est prêt, il a déjà appelé deux fois.

— Wilson ? Mais pourquoi ?

— Tu le fais exprès ou quoi ? Ton voyage sur les lieux du naufrage ! Depuis le temps que tu attends ! C'est enfin le grand jour.

— Mais…

Lucy avait du mal à comprendre ce qui se passait. Enfin, son esprit commença à émerger des brumes du sommeil. Elle avait rêvé… ou quelque chose comme ça. Non, elle n'avait pas rêvé, elle avait bien vu et entendu ses parents, elle leur avait même parlé ! Et finalement, elle n'avait même pas eu le temps d'entreprendre son « excursion souvenir », comme elle l'appelait depuis des mois.

Elle décida d'appeler Wilson.

— Lucy ? Alors, qu'est-ce que tu fais ? Tout est prêt, on part dans une heure.

— Non, Wilson, je ne pars plus.

— Quoi ?

— Maintenant, je sais. Pas besoin de faire ce voyage que tu appréhendais tant. Je ne t'imposerai pas cette épreuve. Tout va bien, maintenant.

— Je ne comprends rien.

— Ne cherche pas à comprendre. Dis-toi juste que je suis heureuse et… c'est en grande partie grâce à toi.

Lucy raccrocha. Un immense sourire illuminait son visage. Madame Lasseur entra dans la chambre.

— Qu'est-ce qui se passe Lucy ? Je t'ai entendue, tu ne pars plus ?

— Non, maman, ce n'est plus la peine. Je veux juste te dire que je vous aime plus que tout au monde, toi et papa.

— Oh, ma chérie, tu es la plus belle chose qui nous soit arrivée. Allez, viens prendre ton petit déjeuner.

— J'arrive !

Lucy sauta de son lit. Elle s'approcha de la fenêtre et écarta le rideau. L'océan était là, en face, dans son immensité et sa puissance. Un rayon de soleil perça soudain les nuages. Lucy sourit : « Vous aussi, je vous aime », pensa-t-elle.

Remerciements à Andréa, Inès et François qui m'ont inspirée, aidée et encouragée.

Table des matières

Imprimé en France
Achevé d'imprimer en décembre 2022
Dépôt légal : novembre 2022

Pour

Le Lys Bleu Éditions
40, rue du Louvre
75001 Paris

LE LYS BLEU

ÉDITIONS